EQUIPE ANGEVIN et EQUIPE beau-GOSSES

COUDRIN- l'enfant noir Le code de la propriété intellectuelle n'autorisant aux termes des paragraphes 2 et 3 de l'article L.122-5, d'une part, que les copies ou reproductions strictement réservées à l'usage privé du

ou de ses ayants droit ou ayants cause, est illicite (article L.122-4). Cette représentation ou reproduction, par quelque procédé que ce soit, constituerait donc une contrefaçon sanctionnée par les articles L.335-2 et suivants du Code de la propriété intellectuelle

INTERDIT AU MOIN DE 18 ANS

CHAPITRE 1 : DÉBUT DES VACANCES

Allez les copains on va
jouer, on est enfin en
vacances aller OUI YURA,
mais on doit d'abord aller
rentrer les heures de travail
qu'on a fait pas, oui il faut

être sérieux dans le pc central comme ça, on va enfin pouvoir respirer 1 grand coup sur tout qu'on est en vacances pour 1 mois dont ALLON ci

BIP BIP BIP, BIP, BIP, BIP

Nous pouvons y aller
maintenant, c'est rentré.
Venez l'équipe BEAU-
GOSSES, pas oui, vous
aussi, vous êtes en
vacances, car l'auberge est

fermée pour 1 mois entier. On ira. OU FFF enfin. Des vacances bien méritées, ça doit faire 2 ans qu'on n'a pas pris de vacances au mois d'août, et oui, le temps passe vite, en tout cas on peut enfin jouer avec les nouvelles consoles et les pc consoles STOP p'tit SÉBASTIEN, d'abord la douche, ensuite les rapports sexuels.

CHAPITRE 2 Deux rapports sexuels

OUFF ça fait du bien allé
les BEAU-GOSSES

(ayyyyyy ayyyyyyy ayyyyyy
ayyyyyyyyyyy)

En tout cas, vous êtes plus
sensible que les deux
muets qui sont également
avec nous. Vous transpirez
plus que nous. Arrêtez
YURA ce n'est Pas très

drôle et en plus ils sont à proximité et totalement absorbés par leurs rapports sexuels. Bon, dans 2 heures, les copains on mange et après on joue à la console promis, on vous laisse tranquille après manger, et de toute façon, il faut bien vous laisser vous repousser 1 fois de temps en temps.

(15 minutes plus tard)

ALLEE l'équipe BEAU-GOSSES on vous laisse aller vous désinfecter on va préparer à manger et ensuite on ira se désinfecter à notre tour prenez votre

temps pas de stress y' a
points.

CHAPITRE 3 - CONSOLES SUR PC

ALLEZ, on ne va pas contre, je vous préviens, on passe toute la matinée sur les pc consoles, donc pas de triche, et de comédie, hein les MUETS, on sait que vous s être 1 peut tricher.NOUS aussie P'tit SEBASTIEN. Je trouve que les BEAU-GOSSES ne sont pas un très bonne forme, je les trouve vraiment très blanc. T'as raison, c'est pas vraiment ça. normal BRAS DE MÉTAL

GHROUM

Anubis WOUAH, vous 4 vous partez tout de suite à LA MUDOUME ET SÉBASTIEN LE RET font être content pas vous 4 En revanche, je vous laisse

l'équipe p'tit ange et l'équipe
ANGE NOIR en contre
partie, ils vont être contents,
ils n'auront pas les rapports
sexuels comme jouets eux
au moins il échappe aux
jouets sexuels.

CHAPITRE 4 CLINIQUE JEANNETTE, LE RER

BON l'équipe BEAU-GOSSE je ne comprends toujours pas ce qui vous amenait je viens de vous faire passer pas mal d'examens et j'ai simplement trouvé des kits et des micro-caillots de sang ça va le produit a tu

faire son effet pas contre
vous repart en vacances
chez ça fait 1 moment
qu'elle me pousse a bout
direction MADELEINE
PALAUD par contre pas de
rapport sexuelles sur place
éviter de choquer les
gosses de numéro 1

GHROUM

Voilà comment régler les conflits avec MADELEINE PALAUD à oui ANUBIS m'a pris les équipes ANGE NOIR et p'tit ANGE suis je bête ENCRE NOIR, en plus ils sont en vacance aussi

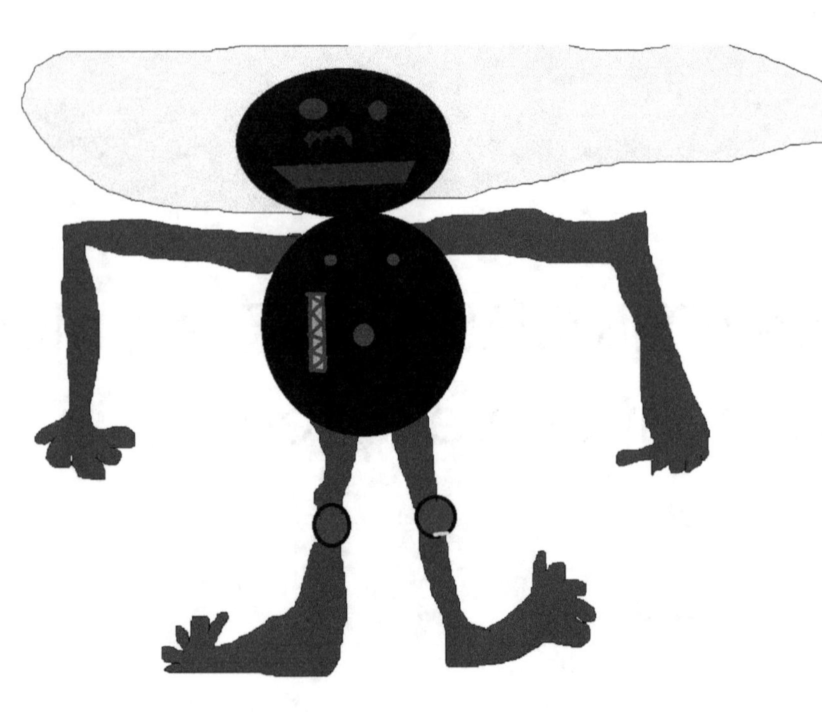

GHROUM

bon équipe ENCRE NOIR
Vous êtes en vacances à
partir de 12 h, vous prenez
les 3 p'tit diables rapports
sexuels obligatoires avant
ils sont tellement

mignons.MERCI PAPA, mais vous aviez par Rendez-vous avec les établissements bancaires. Il est midi.

GHROUM GHROUM Nous sommes en avance, OUF !

CHAPITRE 5 - ACCORD AVEC LES BANQUES

Après une réunion de 19 heures, nous avons réussi à supprimer quasiment tous les crédits. J'espère que le dernier avant 2042 sera supprimé et que nous pourrons remplacer tout le matériel médical pendant ce temps. En tout cas, cela coûte cher. Rembourser intégralement en une seule fois. C'est terminé, on n'en parle plus.

(3 jours plus tard)

OUF bon les équipes
ENCRE NOIR ANGE NOIR
P TIT ANGE et ANGEVIN
Il est prévu que je reprenne
leur service. HORMIS les 3
p'titDiables ils partent
directement chez

SÉBASTIEN et BASTIEN PALAUD pour le travail à faire dans l'hôtel et l'auberge, et oui, ils sont de la chance, en tout cas, ils ne manquent pas de taf.

CHAPITRE 6 Pénurie de pièces informatiques

1 problème FLAMMÈCHE OUI il y a plus de pièces en stock et sur les sites de vent donc pas possible pour le moment de réparer toutes ces pièces même en les remplaçant pas d'autres composants ça ne fonctionne pas du tout.EN

plus ce soir je suis de garde à la société de FUSION il y a les décodeurs qui sont en panne je ne sais vraiment pas quoi faire ça fait 3 semaines que plein de choses tombe en panne je passe plus de temps à faire des réparations et des diagnostics ce soir j'ai RDV avec ma ferme et mes gosses-on va chez MADELEINE PALAUD pour 1 mois je ne décroche pas

mon tél si FUSION
téléphone ma semaine et
foutus.PAS DE problèmes
et puis Il est recommandé
de le remettre en place de
temps en temps, cela
devrait lui être bénéfique
d'être recalé. MERCI
MUDOUME.

Chapitre 7 mauvais temps

BON, les gars, il faut qu'on s'occupe certes, il fait moche, il flotte, et en plus les gens son infernal, mais il n'y a pas le choix. Arrêté avec le pop-cons, vous avait déjà. Nous avons réservé un seau entier de poc-cons sérieux, mais ce soir, nous avons prévu une soirée cinéma. Vous avez raison de toute façon, les 3 petits diables

GHROUM

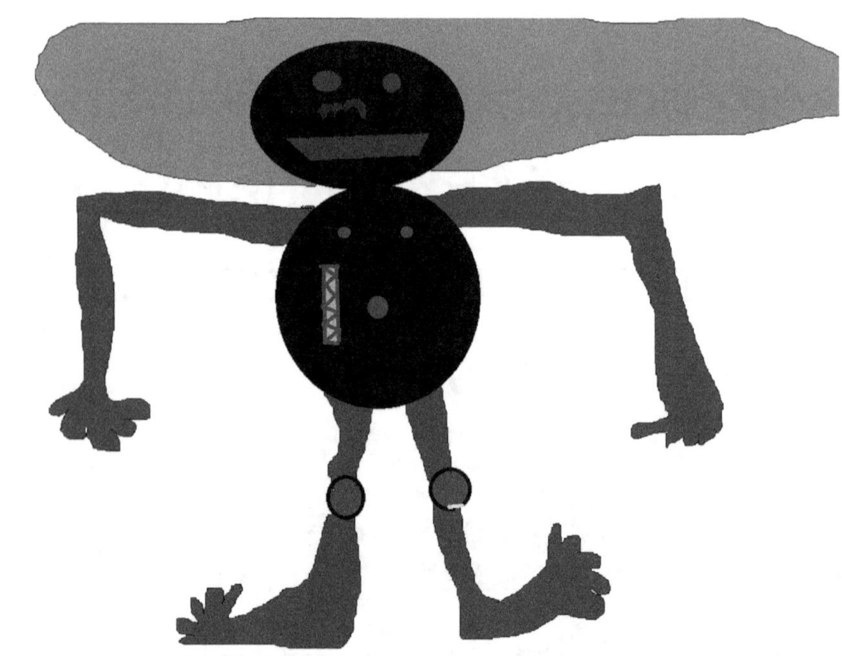

WOUHA vous rapportez
des seaux de pop-cons
PAPA a dit que nous ne
sommes pas punis pour ce
que nous n'aimons pas le
pop-corn. EXCELLENTES
nouvelles p'tit diable

numéro 1. PAS Faux YURA mais tu n'étais pas en train de râler avant notre arrivée. ALLEE Dans nos bras, les 3 petits diables ça fait 2 mois qu'on ne s'était pas vus en tout cas vous grandissez super vite et en plus vous avez enfin des cheveux blancs. MAIS TONTON ça fait déjà 8 ans qu'on a des cheveux blancs.

chapitre 8 est consacré aux jeux vidéo

ALLEE venez ici les 3 p' tis diables pas oui les BEAU-GOSSES vous allez vous asseoir en 1 et les 3 p' tis diables vous allez sur leurs genoux et non vous ne serez pas assise sur des chaises à part. OUI tonton, mais les BEAU-GOSSES, vous Ne dites rien. Ils parlent. PAS OUI en tout cas à la clinique On peut les entendre parler, même s'ils parlent doucement, mais ils parlent quand même.

(2 heures plus tard)

ALOR ILS dorment en tout
cas, ils sont sûrement très
fatigués ils sont joués
pendant 2 heures sans
crise de colère, 1 exploit en

tout cas j'espère qu'ils resteront moins d ' 1 semaine il faut dire maintenant on sait les gérer Yura pas faut.

CHAPITRE 9 : LA PLAGE DU FOZO

GHROUM

Allez les 3 p'tit diables à l'eau.Ça ne va pas, tonton, on est au moins en décembre il fait trop froid et en plus, on ne doit pas être malade, sinon PAPA et

MAMAN font encore nous coller 1 raclées en ce moment, ils font la méthode PALAUD et ça claque pas mal sur les fessée.

(MAMAN, MAMAN, MAMAN)

LA COMÉDIE NON BONJOUR équipé BEAU GOSSE ET ANGEVIN (MAMAN) aller dans mes bras p'tit diable numéro 2 je te préviens tu ne rentres pas avec moi je m'occupe de l'équipe LOUSTIC 1 qui sont en grosse dépression sévère pire que vous 3 les p'tits diables. PÈRE Que fais-tu ici ? On nous a informés que les équipes loustic 1 et 2 sont en dépression sévère, mais malgré cela, elles ont réussi à trouver du travail. 5 d'entre eux sont retombés en dépression assez violente ils ont eu des crises d'épilepsie et des dommages au cerveau coup de chance ils étaient avec LK et les mamies LE RET PALAUD COUTURIER et MOULES dont 4 mamies et 1 mère qui ont le pouvoir de soigner les dommages au cerveau et le problème, c'est que la ferme de grand numéro 8 le tout 1 enfant adopté du dr COUTURIER et ses p' tis enfants sont en cours de CLOONNAGES Ces p' tis enfants ont été victimes d'un attentat la ferme de grand numéro 8 et en état de mort cérébrale la fille et les p'tites filles de LK font tout ce qu'elle peut en plus de leur rôle de tante ont été mobilisés et en plus on n'a pas mal de partient.DCD non les 3 petits diables, il est interdit de les consommer. Avez-

vous de ce côté-là ?
SÉRIEUX PÈRE, mais
SILENCE Toutes les
équipes qui possèdent le
pouvoir de soigner sont
mobilisées sauf l'équipe des
3 p'tit diables et celle des 9
p' tis diables ainsi que les
grand-parent PALAUD qui
sont réquisitionnés pour
s'occuper des 9 p'tit diables
incite les équipes.
ANGE NOIR KART et
l'équipe ENCRE NOIR

qui eu s'occuper des auberges LES 2 JUMEAUX BOSSEUX PALAUD et l'hôtel PALAUD ET vos équipes font devoir revenir dans 2 jours lié à l'attentat. DÉSOLÉS, mais le temps joue Je vous laisse profiter de la plage, je vais devoir reprendre mon service. NON, les 3 petits diables, vous. Sa présence a permis de sauver l'équipe du grand

numéro 4, dont on ne peut
pas vous demander à
chaque opération. MAIS
MAMAN STOP vous restez
en Si vous essayez de vous
téléporter, vous serez puni
par des vois séxuelles, c'est
clair. OUI MAMAN, profitez
bien de vos vacances avec
l'équipe ANGEVIN BEAU-
GOSSE ! Les trois petits
diables doivent obéir cette
fois-ci, ATTENTION À LA
FESSÉE. GHROUM

CHAPITRE 10 : RETOUR DES GRANDS NUMÉROS 8.1 et 8

GHROUM

Wouha, mais ils c'est passé
quoi ici ils ya QUE fait vous
la suivez moi en tout cas les
p'tit filles de la fille de LK
aurais plus vous envoyés
dans la cuisine oui.
ATTENTAT en angleterre et

en france dont plein de blesser sa fait 4 mois qu'on est en intervention la on na tu faires appelles au 2 équipes p'tit diables pour terminer les premiers groupes de victimes SÉBASTIEN LE RET vous attend dans son bureau TOC TOC OUI, ils sont revenus. MERCI bienvenu les 2 grand numéro 8.1 et 8 alors comment ça va MAL j'ai appris en sortant du frigo que ma ferme et mes enfants ont aussi été clonés et que j'ai récupéré mon corps d'adolescent en tout cas j'aurais préféré rester DCD mais merci quand même. Tu étais atteint d'Alzheimer, toi et grand numéro 8, voilà pour qu'elle motif on vous a cloné. Pas contre numéro 8.1 tes 2 équipes sont retombé en enfance leur société a été liquidé totalement dont ils sont en dépression sévère les numéro 6.7 p'tit numéro 8.10.11 et 12 et grand numéro 4 et en pleine forme mais super fatigué avec tous les patients, on a u 4 ATTENTATS en 2 mois DONT 8999 PATIENTS à soigner et à remettre sur le circuit.SEBASTIEN LE RET Oui MUDOUME LE RET on na Une urgence de dernière minute : les 3 petits diables

sont en train de crier et de
se battre violemment.

(AY PAF PAF PAF HIM
HIM HIM)

Malheureusement, les 3 petits diables, mais nous sommes habitués à vous. Nous allons devoir vous vider. C'est bien, nous n'avons plus de lave pour fabriquer des antivirus autonomes.

CHAPITRE 11 DOMAINE COUTURIER

ghroum

(MAMAN, MAMAN, MAMAN)

Enfilez vos doudounes et venez vous réchauffer dans nos bras, vous pouvez dormir avec nous. De plus, vous aurez droit à des câlins. ALLÉE Viens dans mes bras, petit diable numéro 2. Comme ça, tu pourras refaire des comédies et tu sais qu'on va au lit, hein ? Allez, direction le lit.

(LENDEMAIN)

(MAMAN, MAMAN, MAMAN) CHUUUUUUUT respire (MAMAN, MAMAME, MAMAME)

CHUUUUUT MUDOUME
GHROUM Allée vien dans
mes bras p'tit diable numéro
2 MAMAN calme toi,
respire, tu veux rentrer
MAMAN, d'accord, mais
c'est la fin des vacances si

tu rentres demain, tu retournes au travail.MAMAN bon, on n'y va pas contre tu vas à la sieste en arrivant MUDOUME va être en pétard après-toi GHROUM Mercie SÉBASTIEN LE RET en tout cas pas moi de savoir ce qui a provoqué ça crisse.SA lui arrive souvent en ce moment TONTON je pense que c'est lié à nous 2 ses frères (COMMENT) IL n'a pas d'enfants contrairement à nous 2 et en plus il ne possède aucune chose qui soit vraiment à lui.JE voix dont là la seule chose à laquelle il se raccroche et MUDOUME et SÉBASTIEN LE RET, c'est pourquoi il a été en crise cette nuit et ce matin.

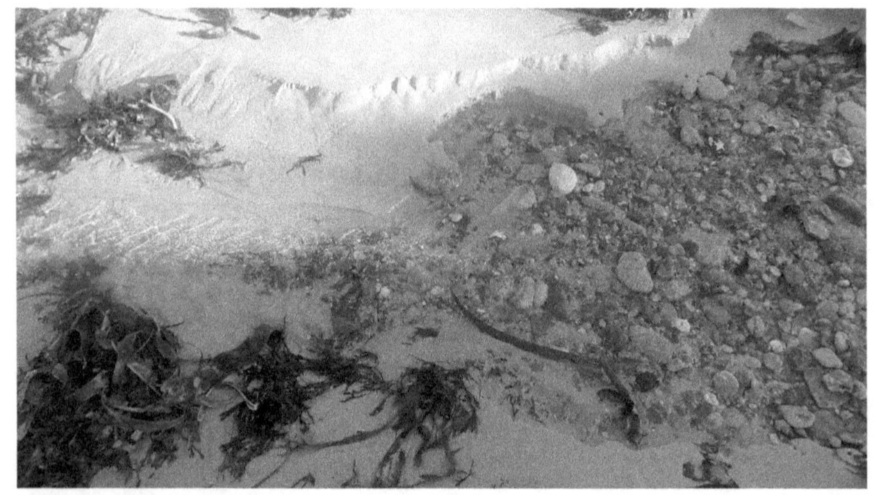

Chapitre 12 : punir

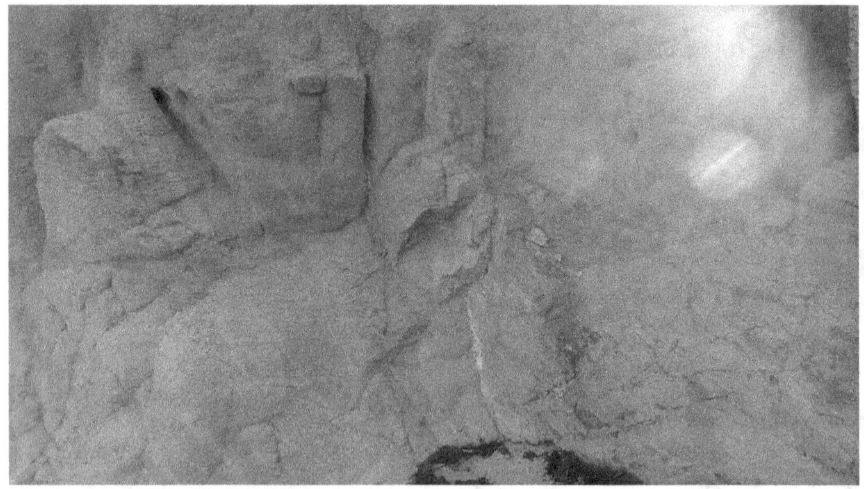

Que fait-il ici, p'tit diable numéro 2 ? Il est en train de

passer un sale quart d'heure. Allez, ouvre la bouche, petit diable numéro 2 SLUC SLUC. Il a manifesté sa colère. Dans l'équipe de grand numéro 4 et en plus il s'est bien vidé dans le grand lit de grand numéro 4 j'ai tu allais le récupérer en tout cas il faut qu'on s'occupe de ces 3 anur allée a 4 pattes p'tit diable numéro 2, on échange de places

MUDOUME. JE Prend
l'anur aver la matière lourde

(AYYYYYYYYYYY
AYYYYYYYYYY)

Le petit diable numéro 2 va subir une délicieuse torture (BEURK), voilà vomir en même temps ton repas d'hier soir, cela ne nous pose aucun problème

(AYYYYY AYYYYY
AYYYYYYYYY
AYYYYYYYYY)

SEB LE RET je te laisse le 3 ème O oui l'anus avec la matière végétale en tout cas elle est de bonne qualité aller dans le bocal RESPIRE p'tit diable numéro 2

(OUI MAMAN
AYYYYYYYYYY
AYYYYYYYY)

Voilà, c'est bientôt fini, et tu
vas pouvoir aller à la sieste.
MUDOUME je te laisse
finit.PAS de problème SEB
LE RET

(AAAAAAAAAHHHHHH)
Voilà, c'est fini p'tit diable numéro 2 aller va à la sieste, mais av je te remets 1 couche et n'oublie pas si t'as envie de lâcher lâche ne te retient pas ok.

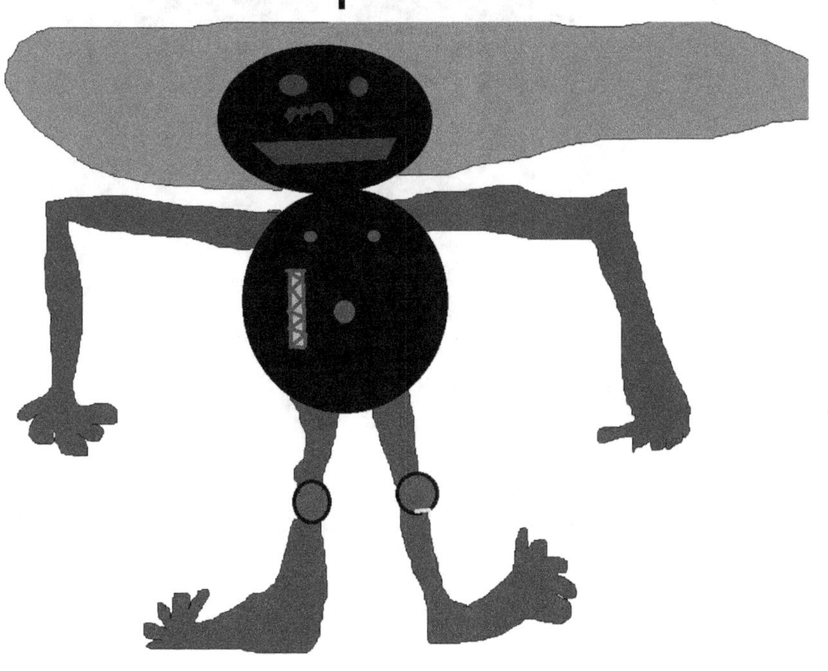

CHAPITRE 13 DANS LA MAISON DE MADELEINE PALAUD

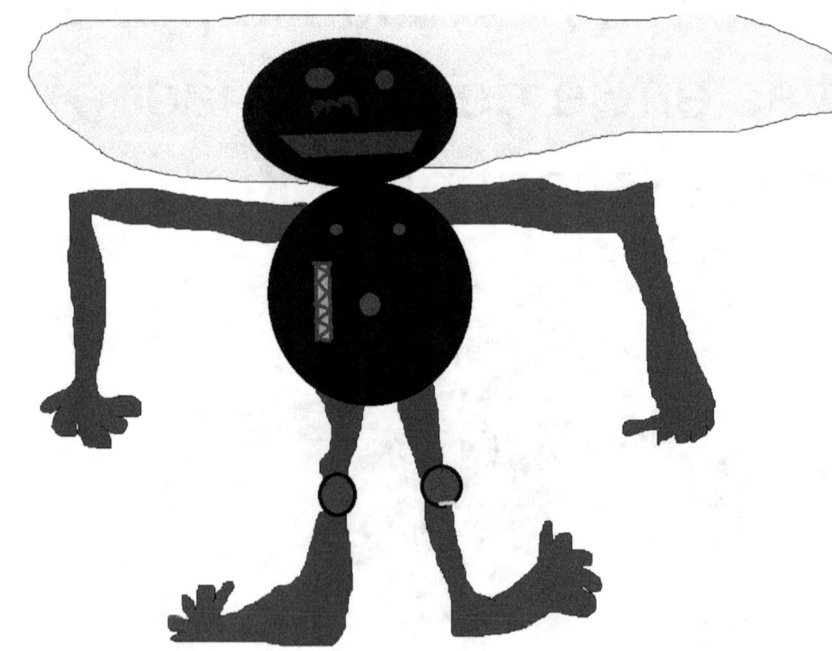

GHROUM

les équipes L'équipe
KART, les 3 p'tits anges et
les 6 diablotins

vous restez ici 5 jours, ça
va MADELEINE PALAUD,
et avec sa fille et son
gendre, ils font vous garder
4 jours, pas contre vous,
avez le droit de jouer, pas

de téléportation à la
réunion, même si le gendre
de Madeleine PALAUD
ainsi.Mais À notre
connaissance, personne
parmi nous ne possède le
pouvoir de téléportation.
Seuls toi et maman ainsi
que les 3 petits diables en
ont la capacité. Être cool,
pas. Rendez-vous la
semaine prochaine.
MERDE Les sacs
GHROUM, elle va encore

crier qu'il y a des pâtes et des frites, mais les repas les plus simples sont les plus savoureux.

CHAPITRE 14 GRAND-PARENT PALAUD

GHROUM

bon, les équipes ANGE
NOIR ENCRE NOIR LES 4

JUMEAUX MALÉFIQUE et équipe BEAU-GOSSES vous partez à la pêche avec les grand-parents PALAUD, ils sont d'accord, et puis ça vous verra tu bien de changer d'air MAMAN, mais et papa, ils en pensent quoi ? ILS s'occupent de la clinique JEANNETTE LE RET et moi je dois aller m'occuper de p'tit diable numéro 2 et de la clinique JEANNE LE RET donc oui,

c'est le bordel en ce
moment et de toute façon il
n'y a pas le choix en ce
moment on a pas mal de taf
HIER MUDOUME à
déposer les d'équipe LES 6
DIABLOTIN les 3 p' tis
ANGE et l'équipe KART

CHAPITRE 15 plage du fozo

GHROUM

allé p'tit diable numéro 2 va te baigner allaient GHROUM alors comment ça va les filles ma chérie.ALOR comment vous avez fait le et planning avez MUDOUME WOUAH Quel bordel allez les filles, aller jouer avec p'tit diable numéro 2 ça va il a pris c'est médicalement donne aucune chance qu'il tente de vous mordre ou te frappe.ALLEE vien grand-frère en tous cas, tu restes tranquille aujourd'hui. hier tu n'étais plutôt désagréable. LK Rien de grave il a fait 1 micro colère je pense que les filles l'ont 1 peu trop distillé dont il s'est énervé il a pas eu de chance j'étais derrière lui (OK) GHROUM OUF enfin tranquille Les gens sont con ma parole il faut leur dit 7 fois la même chose je t'ai mis 11 de tes parties sous calmement ils dorment donc pas de crise cette nuit et t'emmerdent pour 1 moment.

(1 HEURE PLUS TARD)

(MAMAN MAMAN) allée
vient la comédie, en tout
cas du a tenue 1 heure,
allez, reprends-toi (MAMAN
MAMAN MAMAN NON
NON) CHUUUUUT Allée
vient la chuuuuut aller

reprend toi par contre tu vas aller faire la sieste, pas contre je pense qu'on va changer tes médicalement. MINCE 18 h 30 allée les Mesdemoiselles, nous remontons. SÉBASTIEN LE RET oui. Je vais prendre Allé p'tit diable numéro 2, mais je ne suis pas favorable à une vidange complète. Cela fait 4 jours depuis la révision.

Chapitre 16 : matinée dans la piscine équipée d'une véranda

PLOUF tu restes dans la piscine p'tit diable numéro 2 les filles et LK sont retournés dans leur maison, pas oui Les filles retournent à l'école demain après-midi. NON p'tit diable numéro 2, toi, l'école, c'est fini, et oui, tu es très agité en classe, voilà pourquoi on ne te renvoie plus à l'école allez on te rejoint dans moins de 3 minutes, pas oui il faut qu'on aillé préparer le p'tit déjeuner et oui il faut bien déjeuner le matin respire, on n'arrive pas de comédien, hein p'tit diable numéro 2 SÉBASTIEN LE RET prépare toi

GHROUM PLOUFF PLOUFF

PLOUFF Calmez-vous les
ENCRE NOIR alors comme
ça on passe on passe nos
nerfs sur nos grand-mères
vous resté dans la piscine,
on vient vous rejoindre pas
de comédie, on va parler

dans moins de 2 minutes
par contre à poil aller à poil.

CHAPITRE 17 : LES 4
enfants jumeaux maléfiques

GHROUM ALLEZ vous asseoir sur le canapé, les 4 jumeaux maléfique alors comment ça on se permet des choses avec les enfants des numéros 1 et 4, on vous a déjà demandé plus de 20 fois, vous ne jouez pas aux jeux vidéo avec des mineurs 1, ils n'ont pas forcément les capacités, et en plus, vous le savez parfaitement, que vous ne devez pas jouer avec les enfants des numéros 1 et 4, ils n'ont pas votre âge. Hugo, Allan, Thomas et Lucas vous allez dans la chambre parentale directement dans le lit pas 1 bruit ou 1 mot aller au lit MUDOUME il faut qu'ont parle.JE sais ce que tu vas dit STOP on va à la plage avec l'équipe ENCRE NOIR et les 4 JUMEAUX MALÉFIQUE à 14h30 je te préviens on remonte avant eux il garde p'tit diable numéro 2 quand on revient sur la plage ces suppositoires d'office pour p'tit diable numéro 2 on part en séjour en mer au moins on sera tranquille 4 jours au large. T'as raison SEB LE RET.

CHAPITRE 18 départ en mer

ALLEZ les gars debout p'tit diable numéro 2 tu vas dans les bras de Hugo tu restes dans ces bras jusqu'à l'arrivée à la plage du fozo a pied bien entendu et à bon entendeur l'équipe ENCRE NOIR sont déjà partie aller les rejoindre on vous apporte le goûter dans moins de 25 minutes.OUF et voilà parti en tout cas il semble se rendre compte de rien et dit que les p'tit diable numéro 1 et 3 vivent désormais avec leurs gosses et mes arrières p'tit enfants.IL ne faut rien dit a p'tit diable numéro 2 il est trop sensible il pourrait faire des conneries assez graves SEB LE RET 1 moment ou 1 autre il faudra lui dit la vérité on ne pourra pas lui mentir encore longtemps en tout cas.JE sais mais on devra donner 1 bonne Heureusement, à l'époque où le numéro 2 était p'tit diable, il a inséré des virus microscopiques dans mamie FUSION. Heureusement qu'elle était aide-soignante dans une autre vie.